홍성근 시집

선착장 무너지다

이 책을 사랑하는 가족과 형제, 동료들에게 바칩니다.

선착장 무너지다

홍성근 시집

도서출판
곰단지

있는 그대로의 속내 사랑하기

문학을 전공하지는 않았으나 문학이라는 도구로 인종, 세대와 시간을 초월하는 삶의 문제에 천착하는 글쓰기는 언제나 나를 다시 일으키는 충전지였습니다. 글 쓰는 일은 즐거웠고 힘든 순간을 견디게 하는 위로를 주었으니, 특히 시 쓰기는 가장 좋은 친구였습니다.

틈틈이 써온 글을 드러낸다는 건 대로에서 벌거벗는 일이라 부끄러웠습니다.

영롱한 빛과 향기를 발하는 시를 출산한 시인들이 감내하는 고뇌와 고백을 바라보면서 과연 나를 투명하게 보고 정직했을까, 이제까지 써온 글들이 스스로에게, 또 벗는다는 것은 왜 부끄러운가? 의문 때문이었습니다.

사랑한다는 믿음이 깨지거나 초라해질 때마다 주변을 괴롭히며 변명과 푸념을 격식도 갖추지 못한 채 펜 끝으로 흘려보낸 글이지만 각 편 속에 품고 있는 감정선으로 토해온 나날이 지금의 나를 엮어 준 것이었습니다.

지인들과의 교감과 즐거운 소통은 저의 일상적 소망입니다. 한 토막의 글이라도 공감된다면 고백이 받아들여진 것이니 옷벗기를 마다할 이유가 없었습니다. 앞으로는 '그때 했어야 했다'는 후회를 되풀이하지 않고 누구와도 진솔하게 소통하고 싶다는 욕심도 책만들기에 보탰습니다. 거울 앞의 나만 바라보는 고집에서 벗어나 함께 어우러지는 주변과 사물의 뚜껑을 열고 있는 그대로의 속내 사랑하기를 다짐하는 계기로 삼고자 합니다.

　이 시집이 나오도록 격려를 아끼지 않은 아내와 형님께 믿음과 존경을 드립니다. 그리고 도서출판 식스필라스와 편집에 애써주신 도서출판 곰단지 관계자분들께도 감사드립니다.

2024년

홍성근

따뜻한 마음으로

길가에 도열한 은행나무들이 노란 박수들을 쏟아내는 아름다운 가을날들입니다.

홍성근 시인의 시집 〈선착장 무너지다〉가 세상과 마주하는 그 첫걸음을 진심으로 축하드립니다.

시는 일상에서 발견한 작은 순간과 순간들이 모여 시인의 감정과 기억, 깨달음을 불러일으켜 간결함과 함축성의 언어에 오롯이 담긴 씨앗입니다. 시인의 시 한 편 한 편은 그들의 삶과 감정, 그리고 세상을 바라보는 독특한 시각이 담긴 작은 우주와도 같습니다. 그래서 시는 사물의 본질이자 핵심이며, 씨앗이 바람에 흩날려 별처럼 흩어지듯 독자들에게서 달라진 일상의 시선으로 다시 태어납니다.

시집 〈선착장 무너지다〉에서 우리는 삶의 다양한 결을 만나게 됩니다. 인간관계가 삶의 원동력이 되는 반짝이는 순간이 그려지는가 하면, 소중한 인연의 상실로 인한 상처가 절제된 언어로 다시 태어나고, 도시를 떠나 시골에서 발견한 단란한 행복과 평온함이 우리에게 가슴 벅찬

선물이 되기도 합니다. 또한 현대인들의 고독과 갈망이 그의 서정성과 철학적 사유와 어우러져 깊은 여운을 남깁니다. 시인의 의지는 때론 만추의 나무가 되어 사랑과 이별, 그리고 남겨진 시간이 얼마나 아름다운지 그 따뜻한 품을 그대로 보여줍니다. 그래서 이 시집은 위로가 되고, 질문이 되고, 새로운 영감이 되어 우리의 감정의 뿌리를 더 깊게 하고 시선의 높이를 더 키울 수 있게 할 것입니다.

첫 시집을 내놓는 일이 얼마나 설레고도 두근거리는 일인지, 그리고 동시에 얼마나 무겁고 책임감 있는 도전인지 충분히 이해합니다. 이는 시인으로서의 본격적인 여정의 시작점이며, 앞으로 펼쳐질 무수한 가능성의 서막입니다. 이 첫걸음이 단단히 다져지고, 앞으로의 시적 여정에서 큰 힘과 동력이 되기를 바랍니다.

마지막으로, 이 시집이 홍성근 시인의 앞으로의 문학적 여정의 시작점에서 빛나는 이정표가 되기를 진심으로 바랍니다. 그리고 그 여정이 한 편 한 편 더 깊고 넓은 시의 세계로 이어지기를 응원합니다.

2024년
시인, 경상국립대 의과대학 교수
함종렬

차례

1부   살아가는 힘

2부   시인

3부　푸른 단풍

4부   상상연가

1부

살아가는 힘

동트기 전에

그대

동트기 전에 바다를 맞이하라

목젖에 걸리는 어제 밤 욕지기는

맘껏 토하라

입 안이 시리도록 푸른 바닷물로 헹구고

서늘한 공기를 뼈 속까지 채워라

곧 저 바다는

가눌 수 없이 뜨거운 정열을 사방에 뿌릴 것이다

어둠 속에서 나부꼈던

남루하고 뒤틀린 깃발은

모두 떠난 어둠 속으로 숨어들어

다시 나서지 못하리니

끝없이 아득하여 칠흑같은 절망을 찢고

한 톨 모래만도 못한 나를 드러내며

너무 눈부실 찬란함을 품은 채

그대 향해 끊임없이 몰려올

저 바다를 등질 수 없다면

그대여

동트기 전 바다로 나아가라

우리가 말하는 바다

우리는 바다를 보며
시퍼런 이성과 흰 갈매기의 자유,
노을까지 끌어안는 어머니의 포용과
별 내리는 그대의 사랑을 외치고
고독과 찌든 절망을 토하기도 한다

그런 바다와 쉼 없이 만나는
백사장 모래는 줄지 않는다
더해만 간다

그런 바다에 몸을 던질 수밖에 없다니

초록색

산 덮고, 바다 건너
온 세상에 함께 사는 색
푸르고 파란
어린 표정이 귀여워

솟아오르는 줄기에서 뿜어나오는 색
아무리 가까워도 눈 찌르지 않고
멀어질수록 그립고
늙은 이 몸이 두르고 싶은 색

해질 무렵

뚜벅뚜벅 산 뒤로 넘어간 해
그늘로 산마루가 뚜렷해진다
앞다투어 나섰던 풍경은 붉은 장막 아래 정물로 숨는다
몇 안되는 기억만이 머리 속을 채우듯
테두리만 남아 있는 산 위 철새가 집을 찾는다

더욱 가라앉는 석양

말을 멈춘 정물마저 썰물이 거두어 가고
하늘과 땅만이 선 하나에 기대고 눕는다

눈에 가득했던 풍경
연극이 끝난 무대 커튼 뒤로 잠겨버리고
이유 없는 서글픔은
까뭇 까뭇 별이 되어 머리 위로 떠오른다

흐린 날

눈 올 듯 잔뜩 흐린 날은

금이 간 어항

아무거나 톡

건드리기만 해도

와르르

온 하늘이 무너져 내린다

불빛 아래 모이는 비

가로등으로 몰리는 빗줄기
땅바닥에 눕게 될 줄 몰랐을 것이다

등불 밑에 모이기 전
비는 한 방울이었을 것이다
아니다
눕지도 서지도 못하고
안개로 우 몰려다니며
산허리만 붙잡고 맴돌았을 것이다

그러다 마주친
도저히 넘지 못할 냉랭함 앞에서
초라한 분노가 제 몸을 으깨기 시작했을 것이다

모두 눈 감고 등 돌린 한밤중
그나마 남아있는 불빛 아래로 모이기 전까지
어느 누구도 알아채지 못했을 것이다
모질게 썰리고 남은 거품조차 스러진 후
끝까지 쥐고 있던 빗줄기까지 놓아 버릴 때
그제서야 땅을 적실 수 있다는 걸
몰랐을 것이다

부부싸움

침묵의 칼을 겨누고 대척 중이다
이번만큼은 물러설 수 없다

누구는 화려한 복수를 꿈꾸며 형기를 버텼고
누구는 갈고 닦은 생존법으로 즐겼겠지만
사막에 유배될지도 모를 내게 퇴로란 없다
솥을 깨고 배를 태워버린 병사처럼 절박하라

창밖에는 매화가 만발하고 목련이 한창이건만
나는 막 입동을 지나고 있다
주부로서의 고난을 참작하여 매번 패배를 자처했건만
그게 당연하다는 관념은 이제 그녀 지갑에서 빼내야 한다
작금의 전투는 노부 운명의 변곡점이 될 터
게으른 우울이 굴러다니고
노인내가 피어나는 영토를 탈환하라
뜯겨 나갈 달력처럼 쇠잔해질 내게도 새봄이 돌아오도록
자, 마지막 대전
파부침주破釜沈舟의 각오로 버티자

창 너머 들판은 이번 봄에도 아름다운데
곧 퇴직이다

귀촌일기

촌으로 옮겼습니다
진땀 나는 일이었는지 집도 어지러운가 봅니다

이곳에서는
나무가 자라고 잡초도 자라고
벌레가 꼬이고 강아지는 무럭무럭 큽니다
내 수염도 자랐지만
머리 속은 평평해졌습니다

백구 한 쌍이 선물처럼 가족이 되었습니다
지니, 주나라고 불러주었습니다
지니 첫 배에서 여섯 마리가 태어났습니다
언제나 환한 화니
수더분한 수니
의외로 갈색인 모구
어딜 봐도 귀여운 금희
방방 뛰어다니는 토리
곧잘 짖어대는 이루마

지칠 때면 가장 먼저 돌아오던 월요일을 빼버렸습니다

속이 후련해지고

엿새의 한 주가 시작되니

세상이 더욱 평평해졌습니다

서리모자

아침 텃밭을 둘러 본 아내
밤새 추웠는지 청경채가 서리모자 썼다고 알려준다

매화 꽃 날릴 때부터 싹을 기다렸던 아내
사월이라 얼굴 내민 여린 잎이 된서리 맞았는데
이를 어쩌나
움튼다고 용쓰던 그놈도 예상못한 살얼음
이를 어쩌나

그렇지
쓰다가 벗으면 그만인 모자
서리도 녹으면 그만일 것

씨 뿌린 아내
얼굴 내민 청경채
두 마음 모두 담겼네
해 뜨면 사라질 그 모자 속에

추석전야

고향에 돌아와 모닥불을 피운다

가을노래는 대청마루에서 흐르고
나뭇가지는 둥근 달을 흔들고 있다
밤이 펼친 달빛 돗자리
한가운데 정좌
무엇이 그리 중요하고 큰일이었을까
그동안 나를 밀고 다녔던 것
불길 속에 하나씩 태우고 지우다
몸을 세우고 터질 듯 밤하늘을 마신다

풀벌레가 속삭이는 주변
산자락 타고 내려온 밤공기 발목을 적시고
툭 떨어진 단감이 졸던 삽살이 벌떡 세울 때
사그라드는 모닥불 위에서 피어나는
저 달

냉장고

경매 처분된 냉장고를 샀다.
새 것처럼 깨끗한 문 뒤로
패인 자국
접착제로 지탱하던 플라스틱 야채통
맞아서 휜 선반들이 숨어있었다
틈 사이로 접혔던 사연이 새어 나온다

벼르던 냉장고를 들여놓으며
살림이 늘어나는 기쁨으로 뽀득뽀득 씻겼을 이 냉장고
어느 날부터인가
취한 주인의 손찌검이 시작되고
죽일 듯이 반복되는 빚 독촉에
구석에 숨죽이며 웅크렸던 희멀건 덩치여
이제부터 평안하라

이 집의 하루는
어지러운 술 냄새와 빚 독촉이 그립도록 고요할 것이다
적막해지면
무섭고 힘든 기억을 공으로 삼아
이방 저방 굴러다니도록 안온하리라

그래도 심심해지면

통통 튀는 강아지처럼 퇴근한 내 눈에 확 달려들거라

산골짝 시냇물

내려가기 싫었어

산 중 골짜기와 나무 사이
바위와 바위 틈새 돌고 돌며 졸졸졸
속이 다 드러나도록 뻔뻔하게 살고 싶었어
오늘이 어제를 내일이 오늘을 잡아당기듯
깊고 어두운 저 곳에서 날 끌어내렸을 뿐이야

굳은 바위, 대지를 움켜진 나무뿌리가 내보인 건
벗지 않을 외투가 아닌 할퀴어지고 닳아버린 상처, 상처
어느 것도 저항하지 않은 게 없네
저 깊은 곳에서 음산하게 부르는 소리
한발 한발 분명하게 다가오지 그래도
거슬러 오르는 송어 비늘에라도 숨 가쁘게 실리고 싶어
또 끌려 내려간다 해도 접을 수 없는
뛰어오르는 고래 등에 타는 꿈

흐린 날 폐가에서

마을 어귀부터 쓸고 오는 바람
빛바랜 기억 하나 지우지 못하고
남루한 외투를 걸친 채 서성대는 눈발 끌고
막다른 골목에 모여 풍기는 물비린내
엄니 저고리 땀내

늦은 밤 문 앞에서 망설이던 둘째 딸 보퉁이
대청마루 액자 속에서 말라가는 부동자세들
기대앉은 할머니 떼어낼 줄 몰랐던 툇마루 기둥 위
거미로 주인 바꾼 제비 집
정재 뒤꼍 굴뚝 더욱 말을 잃고
아우성치는 대나무 숲만 바라본다

조각난 사금파리에도 발목 잡히고
앉지도 서지도 못한 채 서성대는 눈발
모든 것이 멈추어선 빈 집 마당에는
고요가 고요를 파묻으려는 소용돌이
상처가 상처를 후벼 파는
흐린 날 오후

대숲을 걸으며

대숲 길을 걸어본 적이 있는가

선비처럼 고고하게 들어선
속내를 따라가며 올려 본다
쭉 뻗은 기세 끝에 걸린 하늘이 아슬아슬하다

사는 일을 달래보려
대나무처럼 걷기로 한다

잠잠한 물결이 강바닥을 열어 보이듯
고요한 숲길은 어제에 닿아 있다
이미 흘러간 것 게워 내 속 비우고 싶어도
한발 떼기도 전에 떠오르는 여전히 아픈 것들
풀리지 않는 매듭으로 불거졌나
봉인된 칸칸이 기둥으로 자라고 있다

제 몸 하나 세우기도 버거운데
머리 끝에 성근 이파리 고깔로 쓰고
비슷하게 외로운 것끼리 이마를 맞대며
바람 불면
용서해야 한다 비워야 한다 수군거리는 것이다

제 끝자락 마디 향 피우듯

대나무는

삭혀서 날려 보내는 것이다

대숲 속을 걸을 때마다

가끔은 새삼스럽게 가벼워지는 까닭이다

소라

움직임을 살아있다는 징표라 하자
눈에 잡히지 않는 흔들림마저 뜻이 있다고 하자
그러니 만날 때부터 의미가 있었다
그대와 나 사이를 빈틈없이 채운 공간
닿기도 전에 떨리는 것이
빡빡한 공기를 두드리며 퍼져간다
그대에게도 꽃잎같이 여린 곳이 있어
조금만 흔들려도 소리로 바뀌는 곳

적막의 무게가 두려워 두 손으로 막으면
나는 어느새 바닷가
밀려드는 파도에 온몸이 흔들리고 있다

일기, 하늘과 나

아침 하늘은 바라볼 수 없도록 투명하고 뜨겁습니다
저녁 노을 질 때는 온통 핏빛입니다
행여 구름이 지나거나 비라도 내린다면
스스로 파란 색을 거두어 버립니다

아무 것도 없어야 비로소 제 빛입니다

나도 아침에는 환히 빛나고
저녁 노을 빛에 같이 붉어지지만
옷을 벗으면 하나도 변하지 못한 몸이 드러납니다
하늘이 그런 줄도 모른 채
그 밑에 살고 있습니다
아주 잘 지내고 있습니다

마지막 접전

작전명 TRPM4-HA
끝까지 타전했던 신호증폭기 Axopatch 200B
안간힘을 다해 정보를 끌어안고 있었던 HEK293
단서를 얻으려고 투입했던 약물 9-phenanthrol과
NMDG
표적찾기 밀착전극 도청작업으로 이어지는 지난한 반복

40년 전 가을부터 정방형 구리망 기지 안
심장에 바늘을 꽂으면서 시작된 훈련이
고문처럼 옥죄는 전장의 무기였다
작전명: Inward rectifier, SKCa, GIRK, ENaC에 이어
진 TRPM4……
아버지 다리에 매달려 백 원만을 외치던 네 살 아이처럼
절실했으나
후퇴와 패배가 일상적이었던 접전들
상대를 조금만 더 알았더라면
사랑도 우정도 일상에서도 그랬지
나도 나를 몰랐으니 지금까지 버틴 건
가족 동료들의 고생으로 메워왔을 터

붉고 푸른 형광으로 표적임을 알리고
저들끼리 교신하는 챈널 신호를 검출하던
HEK 소속 코드명 Y519F−shPTPN6의 죽음으로 마감한
내 생의 마지막 교전기록 파일명 21d24002.abf

교전을 끝낸 건 승패가 갈렸기 때문이 아니다
날이 저물었기 때문이다

형의 꿈

어릴 적 형의 꿈은
비행기공장 사장이었다

십대 적 형은
고통스런 문호文豪처럼 살았다

이삼십 대 형의 꿈은
생각한대로 인생을 살고 싶었다

그러나 사십 대 형의 꿈은
선 자리에서 하루빨리 벗어나고 싶어 했다

이제 오십 대인 형의 꿈은
손바닥만한 땅 위에 집을 짓고
그 속에서 책 보다가 죽고 싶어 한다

형의 꿈은 연鳶처럼 날아다녔다
높이 오르는 것들처럼 조금씩 희미해지다가
끝내는 하늘이 될 것이다

엉거주춤 오십에 이른 나는

형의 꿈을

궁금해하는 것이 필요 없게 되었다

살아가는 힘

강물이 부지런해서 바다로 달리는 게 아니다
산이 밀어내고 바다가 받아주었기 때문이다

바람이 갈 곳을 정해놓고 달리는 게 아니다
퇴로가 쫓아오고 벽이 타이르는 길을 따랐을 뿐이다

불빛이 떠다니는 거리에 사람들 잔영이 분주해도
큰 숨으로 신발 끈을 다시 묶는다

다른 사람 건 몰라도
내 것은 주저 없이 받아 써버리는 그대가 있다는 게
열심히 일해 벌어야 하는 내 삶의 힘이다

2부

시인

나의 이름

누군가 나를 불러주는 말
집요하게 따라오는 절은 냄새
사철 무심하게 늘어선 가로수의 당연함
언제나 내 손을 받아내는 익숙한 호주머니

때 맞추어 밥 퍼넣던 일상에
생선가시가 목에 걸렸던 그 날
눈물 질금대며 벌리는 시커먼 입 뒤로
내가 서 있었다

받아야 할지 주어야 할지
알쏭달쏭한 채무가 먹다 만 밥상으로 앉아 있는데

내 이름이 기억나지 않았다

답답한 일로부터

4차선 도로 자동차 대열 속에
할아버지 자전거 당당히 합류하시네
한때 법으로 보장된 이동수단이었으니
당신은 엄연한 차주라 주장하신다

그분의 어제는 신호대기 중인 앞차 다음
경적을 울리지도 못하고
엉금엉금 자전차를 따르는 운전자들
총알처럼 달리는 옆 차선을 부러워하며
늙은 세대의 종말을 기원하다가
자기의 오늘 운세까지 저주하고 말았다
진땀나는 행렬에서 벗어나
자전차주車主의 정신세계를 이해하고
내 분노까지 용서하려 할 때
어느 게 먼저인지
새로운 고민이 모든 걸 잠재웠다
이해는 이해와 만나야 하고
논리는 논리로 풀어야 하지

그리고 용감해야 해
파고드는 감정을 막아야 하거든
질문을 모르는 아이에게는 자비의 사탕을 건네고
싸움을 걸어오는 자에게는 차가운 칼을 겨눠라
나중에 즐거워지리니

쯧쯧, 벌써 부처가 되기는

유언遺言

반갑게도 나를 찾거나
눈길이라도 주어진다면
그대들 가슴을 적실 한마디
회한 서린 미련한 충고보다
세대를 아우르는 세련된 문구
호곡하는 너희들 가슴 절절해지기를

이왕이면 남이 하지 않은 걸 골라야 할텐데
죽은 다음이 어떤지 알 수 없어도
유적으로 수천 년을 버티는 비문들을 볼 때마다
묻혀버린 주검의 지혜가 부러웠다

마침내
그는 빛나는 말을 남기고 죽었다
한마디도 놓치지 않고 충실히 들은 아들
바다에 이를지도 모를 물가에서 허공으로
재를 뿌리며 바치는 헌사

편히 쉬세요,
The sound of silence

진화

폐에 바람들기 시작한 날부터
먹고 뱉으면서 찬반贊反으로 몸을 가리고
걸어가는 길
찰나가 수십 년을 엮어내다니
누에고치가 비단의 고향이듯
장엄한 것은 작은 사연을 녹이는 일

살아남으려던 주검과 실수로 점철된 이야기
태고부터 달려온 진화의 흔적이
마흔여섯 개 실타래에 담겨있다
쓰여진 기록이 흔적으로 재생된 이 몸에
이웃과 후대의 안녕을 위하여
찔리고 지워지지 않는 흉터와
그간 저질러온 만행을 다시 적어두어야 한다

그러므로
숨 쉬고 사랑하는 일은
한시도 게을리 할 수 없는 숭고한 작업

유전자가 담고 있는 기록을 생각하며

詩人

그가
고개 숙이고 있다면
죽인 것에게 뒤꼭지를 잡혔을 때다

사는 일에 능숙한 자들은
망령조차 나다니지 못하도록
땅에 묻고 봉분과 비석으로 재갈을 물린다
얼씬거리지도 않는다

모든 것에 서툰 그는
이웃과 세상에 저지른
죄가 목젖을 누를 때마다
지면에다 용서를 비는 버릇이 있다
적나라한 고백은 행간에 파묻고
은유와 상징으로 광택을 내는 재주까지 부린다
절절해야 할 참회가 제품이 되는 순간
쌓여가는 전과前科

빌면 빌수록 비겁해지는
그를
시인이라 부른다

지금하는 메모

지금이란
내 손안에 지닌 삶을 줄인 말
어제와 나중엔 찾기 힘들어
내게 허락된 건 오로지 지금뿐

안타깝지만 지금 딱 하나만 할 수 있으니
'하고싶은 것과 해야 하는 것 중 입맛대로 고르시오'란다
또 미루면
먼지로 얼룩지고 땀내 나는 몸
씻을 때까지 스스로 비루해지는 셈

뭘 고르건 뒤돌아보지 마라
소금기둥 기다린다

쌀자루

바닥에 붙어 시체놀이 중입니다

제게도 갈망으로 팽팽하던 때가 있었죠
순종적인 저는
시키는 대로 지붕 밑에서 놀았습니다
사랑은 아프다, 하니
사랑의 허기를 조롱하며 자리를 지켰습니다
그런데요,
하루가 저물 때마다
그만큼씩 가라앉는 걸 몰랐습니다
주름이 늘기 시작하면서
흙으로 돌아가 나 닮은 곡알 낳아볼까도 했습니다
아, 까질대로 까여진 불임의 씨앗만 남았더군요
그제야 푸른 하늘이 보였습니다

바람불면 그 따라
펄럭 펄럭 소리만이라도 떠나보내고 싶어도
얄팍해진 속조차 게워내지 못한 채
비워져 버려질 때까지 기다릴 수밖에

누군가 털어낼 때까지 누워 지내야 하는
쌀자루같은 내 운명

문상 다녀오는 길

갈 사람이
간 사람을 생각한다
떠나간 그와 서 있는 나 사이
파편들의 떠다님을 기념한다
서운하고
아쉽게
그리고
안심하며

어울렸던 동안
서로 할퀴던 감정에게 묵념한다
내게 남긴 상처보다
날 세워 그의 등을 후볐던 선명한 자국
목마를 때마다 집 밖에서 술로 달래던 그
내 손가락 하나도 비틀지 못한
선량했던
바보

이제 모든 것을 허망으로 바꿔버린

재주 많은, 많았던 사람

그를 보내며

남은 앞 길을 기웃거린다

비밀

살겠다고 삶에 구걸하는 동안
들키기 싫은 것들이 겹겹으로 그득합니다

바람이 불어옵니다
누구에게도 비밀은 비밀일 뿐이라며
구름을 쓸어가네요
하늘이 맑아지니 거짓말처럼 시원해집니다

부디 저를 용서하소서

어, 어딘가 다녀온 그 바람이 다시 돌아옵니다
손 쓸 틈도 없이
휙 소리치고 가버립니다
예리했던 푸르름은 모두 떠나고
나무는 부르르
제 발밑으로 쏟아 냅니다
누런 욕과 새빨간 거짓말
수북하게 쌓이면 오물로 주저앉는
자연의 법칙이 피어납니다

낙엽

졸다가 느닷없이 받은 편지 한 장 받았네
하늘에서 내 얼굴로 곧 바로 보냈네
손바닥 크기에
바짝 마른 주름 칸칸이 빼곡한 일기

푸르른 계절에 오만하게 빛났던 천박
사랑이라 포장했던 욕정
비질따라 이리저리 쓸렸던 그날의 신념들
내 뺨을 후려친 그 손바닥에
지난 세월의 핑계가
빈틈없이 그득합니다

소심

베란다에서 담배를 피운다
열린 창 틈으로 연기 빠져 나가다
문 닫고 돌아서니 냄새 여전하다

너와의 만남도 그러했다

잡지도 못하고 속만 끓이다
타버린 재처럼 털어버렸으나
발밑 눈길 닿는 주변마다
네 기억만 그득하다

코 끝이 또 찡하다

숙제

서랍을 여니 모래로 그득하다
빛을 포기한 별들이 쌓이고
작렬하는 태양을 잡으려던 손짓들
핏기를 잃고 바닥에 뒹굴고 있다
푸석거리는 먼지 속에서
마른 웃음을 털어내는
할 일만 남은 사내
오늘도 넥타이 끝을 따라 걸어야 하나

싫다
산정山頂의 억센 바람과 만날까
파도와 함께 으르렁 거릴까

바람은 곧 숨이 차오르고 젖은 몸은 더욱 피곤해질 터
이미 영악해진 멍청한 사내
어디서 무엇을 대책 없는 숙제
말라버린 그늘도 아쉬운 사내는
터질 듯한 요의尿意를 참아가며
다시 서랍을 뒤지고 있다

아들 편지

아이가 군에 갔다
빈 방이 생긴 후부터
별빛이 침침해지더니
늘 걷던 산책길이 비틀거리고
그침 없던 강이 목말라 했다

그동안 어디에 숨어 있었을까
온 동네 사방에서 PC방이 튀어나오고
강의 시간에 받아 적은 걸까
읽기 힘든 글자들이 노트 속에 오글오글 모여 있었다

눈도 마주치지 않고 입술을 삐죽대며 떠난 그놈이
'생각보다 쉽게 적응했고 2년 후 훌륭한 아버지의 아들'로
돌아가겠다고 보낸 첫 편지
쪼글쪼글한 글씨는 분명 큰 놈 것인데
큰 덩치를 군복 속에 밀어 넣은 번데기 짠 내
사나흘 벗지도 못한 양말 군내가
함께 묻어나는 것이다

할 일 없이 세월만 접고 있는 내게서
민들레 홀씨가 봄볕 속에 떠다니고
말라버린 낙엽 속 꼬물거리는 애벌레 서체書體가
내 눈을 찔러대는 것이다

거침없이 솟다가 갈바람에 말라버린 옥수수 줄기
세월은 그런 것일까
소리 없이 적셔오는 물기에 그대로 주저앉아버리는

앉아 있는 이유 없음

나는 지금 앉아 있다

차와 사람이 뒤엉킨 러쉬아워를 뚫고
어제처럼
커피잔 앞의 PC 앞 의자에 앉는다
밤새 쌓여 배설하는 메일을 닦아내고
예비절차를 마친 듯 고요히 앉아 있다

창밖은
진열대 과자처럼 늘어선 빌딩 사이
선을 지킨 모두 것이 등속도로 움직인다
때론 바람불고 비도 오건만
창문만 신음소리 낼 뿐 세상은 묵묵히 돌고 있다

지금
저 넘어 산에는 초록이 한창 일렁이고
다시 그 산 넘어 바다에는
푸른 파도가 해변에서 밀리고,
마구 쏘다니는 흰 새가 눈부신 그 곳에선
맨발도 아랑곳하지 않는 아이들이
뛰다가 뒹굴다가 또 깡총거릴 것이다

사는 게 별것 아니라고 입에 붙여 다니면서
실내화에 묶인 발은
바닥에서 떠날 줄 모르고
주차장엔 달리고 싶은 차까지 기다리고 있건만
사소한 약속으로 다리에 족쇄를 채운다

습관이 의식을 지배하고
시계가 말하는 대로
먹고 자고 오가는 일상으로 심신을 일체로 유지하고 있다

투명한 창문에서 물러나
변기에 앉아 생각하는 반칙을 저지르다
배에 힘을 주면서 생각하는 변칙까지 시도해 본다

그러면서 여전히 앉아 있다

편지쓰기

생면부지 당신에게 편지를 쓰는 이유는,
목 죄는 실타래를 요행 풀까하여
한 밤에 퍼진 안개를 따라가다 낮에 본
곡예사를 흉내 낸 것이다

당신에게 나도 모르는 편지를 쓴다
수십 번을 반복하였으되 지금은
뭘 쓰는지조차 모른다
좇다 보면 당신이 보일 것도 같은데
어지러운 땅 위에 반대로 흔들리며
나만은 아니라는 미신을 걸머지고 이해도
안되는 편지를 베껴 쓴다

부수어지는 글자를 주워 담고 대강은 풀로 붙여 둔 채
겉봉을 쓴다
…… 어느새 잊어버린 당신네 주소

오늘도 수업 마친 아이
달랑 달랑 숙제 한 장 입에 물고
눈에 띄는 포장마차로 간다

Sky에게

1
답 찾는 문제풀이 잘한다고 자랑마라
그건 테스트일 뿐이고
서열은 가채점처럼 불안한 것
정작 답 없는 문제 앞에서는 돌아서서 출제자를 나무라지
잊지 마라
정답 찾기 쳇바퀴에 질린 학생들이
오답으로 문제를 풀어간다는 것

2
넌 왜 답 없는 문제로 가득 찬 세상에 던져졌을까?

3
많고 크고 높고 빛나는 것보다
손바닥 연못에서 피리 개구리와 삽살이,
그리고 나뭇잎, 구름과 달
그 옆에 너
죽을 때까지 답 쓰려고 애 쓰지마

나무가 내게

그땐 아무것도 몰랐소
어서 우쭐대는 아저씨가 되고 싶었다오
그것도 쉽지만은 않더라고
추울 때도 많았지만
바람 불고 비 올 때는 피할 곳도 없었다오
내려볼 곳이 제법 넓어졌을 때
느닷없이 그대가 보이더라고
몇 번 헛기침 끝에
밤하늘 별도 함께 보게 됐지요
세상이 어디 만만한 구석이 있을까
팍팍한 현실이 푸른 꿈을 바스락 말려버리더니
휑한 벌판을 펼쳐줍디다 가난해진 두 눈앞에

산다는 게 고정핀 같아서 한 곳에 박히면 꼼짝 못하지요
몸 뒤틀며 소리치는 게 고작
고요해진 어느 날부터
알몸으로 일기를 쓰기 시작했다오
마주 보면서 여기까지 왔지만
어디로 가는지 아직도 모르겠다고

이제서야 조금씩 들리기 시작했다

나무가 일러주는 것을

가보지 않은 섬

무인도
기다릴 누구도 없는 물상
바다에 막혀 나아가지 못하고
떠나는 것들을 지켜봐야만 하는 제집에 묶인 개

흰 이를 드러내며 달려드는 파도
삼키기만 하는 끝없이 갈라진 절벽 밑자락에
뒹구는 조약돌 하나의 사소함에라도 이를 수 있을까

시간에 깎여 언젠가 바다로 되돌아갈 등 굽은 정물
믿었었다는 믿음조차 등돌리며 떠난 그곳에서
난 얼마나 떠밀려 온걸까

바다가 먹지도 않고 버려둔 곳
가까스로 남아있는 오늘만큼의 별이라도 쳐다볼까
가보지 못한 저 섬처럼

야만의 폭력

꿈에서 만난 아들
한쪽 눈이 허옇게 멀어 가고 있었다
뿌옇게 바랜 눈동자 위로 실핏줄 몇 가닥이 검게 지나고
눈물도 말라가는지 굳어가고 있었다
손을 뻗어 살피려는 내게 아들이 말한다
"존나 아픈데도 몸뚱이는 살았는지 절로 움찔하네 ㅅㅂ"
격렬한 고통 속에서도 피할 수 없었던 내 손찌검이 더 무
서웠던 아이를 끌어안고
같이 죽자던 엄니에게서 바둥대던 열 살 때처럼 통곡했다

쓰레기 속에서 생생하게 피어나는 야만
그 냄새를 잊지 않은 아이가 자라고 있었다
이 야만이 또 꿈틀거리면
아들은 동굴 속으로 들어가 절대 나오지 않을 것이다
제발 꿈이여
외면하고 싶은 잠에서 일어나 죽을 때까지 찔러다오

419

四月이라고 외친다
외치기 전부터 괴로운
풀잎은 튀어나오고
발원지發源地도 모르는 개천도 여전하다
바라보는 인심이야 달라졌어도
뿌연 유리창너머
찬란했던 부활의 감동은 졸고 있는 중

족보族譜에서 흐려진 계절
조각 난 기억은 악을 써도 조각난 조각
돌고 도는 순환은
어떤 변화도 어색하지 않게 만드는 재주가 있다

슬그머니
그러나 여지없이 돌아오는 四月은
외면하는 내 뒤통수에 돌을 던지나

한 해가 흐르고

또 한 해가 지날 때마다

내 머리 가슴에서 자랐던 떡잎은

한결 비겁해지고 뚜렷하게 시들어 가는데도

애들과 함께

四 月이라고 외친다

세상사 오늘 일기

길이 넓을수록 요철이 감춰지고
날이 훤할수록 굴곡이 지워진다
사람이 많을수록 가깝게 걸으면서도
큰소리로 웃을 때마다 사이가 벌어진다

길이 좁아질수록 제대로 걸어가고
날이 흐릴수록 넘어지는 사람이 줄어든다
어쩌다 높이가 다른 계단을 만난 발목은
접지르기 쉬운 법
물밑이 제집인 암초에 엎어진 불운은 당연히 내 몫이지
비굴과 무례로 버무려진 끼니로 채운 하루
거울 앞에서 터지는 헛구역에 칫솔질을 멈추고
떠오르는 대로 적은 오늘의 보고서는 어제와 大同小異
앞뒤 구분하기 어려운 잠옷에 찜찜해진 피로가 불면을
부른다
넌 어디서 쏘다니고 있었니

늘 한발씩 늦게 도착한 自虐이
내 이럴 줄 알았다며 함께 눕는다

3부

푸른 단풍

만추목晩秋木

사랑이 깊어질수록 옷을 벗는다

누렇게 바랜 저고리

색동 추석빔

땀내 미처 가시지 않은 푸른 작업복까지

바닥에 켜켜로 개어두고

오늘 남겨진 것들의 기억만 짙어진 채

아침마다 참빗으로 백발 넘기던 외할머니처럼

찬 겨울 속으로

총총 떠나는 침묵

가을서신

시퍼런 하늘이 교만해지고
너무 멀리까지 보이는 탓에
어딘가로 돌아가 눕고 싶다

온갖 것이 파국 직전의 축제를 벌여도
가늘게 우는 것들은
이미 제 갈 곳을 알았나 보다

한 켜씩 죽어서
몸 눕힐 자리를 까는 계절 옆에도
저것들은 모르는가
흐드러진 채 비틀대는
꽃

동상이몽

아이들 TV 손 전화 광고에 푹 빠져있고
아내는 아파트 분양 전단지를 보며 속 끓일 때
패인 김마담 가슴 언저리를 떠나지 못해
베란다 창에 걸린 내 시선

그러는 사이
오월의 나뭇잎 하늘 쳐다보며 웃고 있다

숨 쉬다가

나 가네
숨 쉬다 가네

하루살이 한나절
마당구석 한 철 잡초
내 앞에서 스러진 것들아
난 오래 사는 동안
저 늠름한 은행나무에서
지축이 흔들리도록 노래 불렀지
……
더 울지도 못하고
나무 밑으로 추락한 매미

나 언제부터인가
숨만 쉬고 있었네
두고 갈 수밖에 없는 아쉬운 것들
다시 보니 내 등짝만큼만 져왔던 짐
다리만 후들거리게 했네

바람따라 먼저 간 것들아

그동안 미안했다

같이 가자

아카시아 꽃

쏟아지는 햇볕처럼
물결치는 머리결처럼
향수를 뿌리며
당신은 어디서 오는가

잎새 사이로 하얗게 웃고
휘감아 포옹하면서
나를 향해 숨 쉬는가

미풍에 실어
가난한 내게도 초대해 준
5월의 여왕이여

아무 것도 줄 게 없다는 듯
수줍어 하면서도
눈 먼 내 소매를 잡아당기는
봄의 여왕이여

구월 靜物

9월의 첫 날로 들어서자마자 나는
뒤도 돌아보지 않고 한 계절만을 생각한다

울기 시작한 밤벌레 소리에
기울어진 볕이 쓰러뜨린 계절 탓만은 아니다
구석에서 자라던 망초가 키를 훌쩍 넘길 때 우르르
숨겨두었던 사진이 쏟아져서도 아니다
세상 가여운 것들이 위대해 보일만큼
뼐을 드러내며 물러간 날들이 안타까운 탓은 더욱 아니다

아득한 곳으로 몰려갈 계절을 생각한다
겁 없이 뜨겁고 아름다운 것들을 지나
먼 땅을 건너온 한기寒氣를 맡으며 또렷해진다
지워져가는 내 기억과
생각할수록 가난해지는 나의 사랑

저기 몸부림칠수록 헐벗는 나무 한그루

능소화 凌宵花

어지러운 속내는 담장으로 가리고
먼저 가려고 빈 곳을 찾아 기웃거리면서도
멀어지지 않겠다고 기대고 뭉치며 어울렸다

부대끼고 닳았으면 편해져야지
월장越墻도 모자라 머리까지 풀고
멍든 상처 붉게 드러내야 했었나

나를 가진 그대에게 물어본다

제 길로 지나가는 강물이 곁을 훔치는 이유
열린 곳으로만 달리는 바람은 왜 창문까지 흔드는지
막막한 골에 갇혔는가
어둡다 못해 검게 썩은 저 구름
뒤척일 때마다 쏟아내는 젖은 사연을

세상 어떤 것도 우연이 아니라는 걸
이 빗속에도 터져 나온 망울로 더듬어 볼 뿐
간신히 용기 낼 때마다 그대 비린 숨을 마셔야 하는 지금

연하장

연꽃 핀 때가 어제처럼 생생한데
하얀 눈이 온 밤을 펄펄 덮어가는 겨울 밤
장항선 열차 어둔 길을 가르며 달린다

송아지 울음으로 누군가를 불러올 수 있을까
구차한 세상일을 접는다면 다가설 수 있을까
영원하리라 아득하게 멀었던 날들이 발밑에 수북하다
신발에 쑤셔 담고 또 걸어야 하는 내 다리여

젖은 四月

바람이 나돌아 다닌다
하소연할 곳이 필요했나
텅 빈 골목까지 기웃거린다
내게만 기구한 사연은 앞산 마루에서
어둑하게 서성거리는데
더는 담아둘 수 없었나
슬그머니 그러나 이내
다시 못 볼 것처럼 울다가
딸꾹 딸꾹 자지러진다

그 자리에 새살이 돋는다
구름이 울다가
초록을 쏟았나보다

하마터면 이 봄에

서리에 놀라 얼굴 붉혔던 저 나무
바람이 간지럽다고 여린 손부터 내미는가
계곡 속 돌처럼 굳었던 얼음은 어디로 갔는지
활개 치며 산란을 서두르는 닭과
어미 젖을 찾는 강아지 등 위로
쏟아지는 볕으로 흥건해진 마당에 놀라
하마터면 벌떡 일어나
다시 내 목을 조를 뻔했다

가만히 있어도
가여운 봄날은 팽팽하게 오감五感을 퍼올리나
계절은 길거리 신호등처럼 켜지고 또 꺼진다 해도
단 한 번만 주어진
내 생의 봄, 여름, 가을, 겨울
어제까지 헐떡거리며 분망하게 오갔어도
내일이면 죽을 텐데
이 봄이 아니었다면
하마터면
끝까지 열심히 살 뻔했다*

* 하완의 산문집 '하마터면 열심히 살 뻔했다' 제목을 보고

오대설부五臺雪賦

내 손등 위에선 눈물로 흐르고
저 산엔 그대로 하얗게 앉았네

언제부터 그리움은 나마저 버린 채
저 앞산에 하얗게 나와 앉아 있었나

팔월에서

덥다
더워도 너무 더워
가실 줄 모르는 더위가 묵직한 변비로 눌러앉아
기온을 부채질한다
태풍을 전하는 뉴스까지 땀에 절었다

어,
코 끝을 슬쩍 지나는 냉한 것
아뿔사 찰나의 요실금처럼
이미 투명하게 젖어버린 새벽 공기
고개들고 보니 어느새 8월 중순

밀렸던 비와 바람이 한번 뒤섞이더니
조석으로 열이 내리고 다시 찾아온 허기

보내야 할 것을 굳이 잡아두고 있다는 것
집요한 식욕과 작별하지 못하는 미련일까
덤불로 우거진 팔월의 퇴로에서 힘겹게 바라본다
훌쩍이는 파도가 허물어뜨릴 구월을

올 봄

틀림없이
작년에도 봄은 있었을텐데

올 봄
연두 빛 들녘은 찰지고
터지는 꽃망울 눈이 부셔 얄밉다
맑은 바람 새들까지 소란해
소풍 온 학생들인가
모든 것이 더욱 부산하다

그러고 보니 매년 새로웠다
온통 내 것이 아닌 것으로만 수북했던 젊은 날
물감처럼 풀리고
곶감 빼먹듯 봄을 보낼 때마다
마디마다 똬리 트는 찬바람 새는 이 몸은
줄어가는 나의 봄이 안타까운가 보다

그렇게 몸 밖의 봄은 저대로 빛나고
내년 봄은 더욱 찬란해질 것이다

잠자리

억새풀에 잠간, 물 위를 잠간
건너고 벌판을 치고 되돌아와
빙빙 돌아라

든든한 나뭇가지 아무래도 한발 앞서 가고
얕은 시내라도 강에 뿌리 뻗고 자는데
할 말은 입 안에서 맴맴 돌고
갈증어린 눈길마저 차마 오래 두지 못한 채
숨만 건너가 기다린다
기다리거라

오오
앉으려면 빙빙 돌아라, 잠자리
땅이 열어 줄 때까지

푸른 단풍

입동마저 떠나보낸 단풍나무
음지쪽 가지 잎들 아직 푸르다
어쩌다 손을 흔들어 전하는 그들의 침묵

그늘진 삶들의 반항이다
양지쪽 잎들이 화려해도 물들지 않고
그들이 낙엽으로 떨구어질 때까지 버티는 일
원한 적 없는 곳에서 태어나
고른 볕조차 제대로 받지 못하고
가려진 채 살아야 했던
음지의 생들이 간직한 무기
서슬 퍼런 생각을 놓지 않는 것
그들이 품은 독기다
자기 생을 향한 복수다

진눈깨비

흐린 봄날 눈이 내립니다
땅에 앉자마자 눈물로 변합니다
기억들이 바닥에 고이기 시작합니다
얼굴과 얼굴을 지나
가슴을 적시고도 넘친 물은
강이 되어 흐릅니다

흐르는 것은
그대에게 나아가지 못하고
자꾸 내게로만 쏟아져 내립니다

여름호수 풍경

바람이 지나가고 구름이 뒤따르고
구름마저 떠난 곳
진공처럼 투명해진다
모든 것이 서버린 여름날 오후
흐르는 물소리도 제 소리를 삼킨다
초록도 감당하지 못한 빛이 눈을 찌를 때
슬그머니 떨어진 잎 하나로 흔들려 버린 호면

속내 들켜 부끄러웠나
몸을 비틀며 그리는 동그라미
텅 빈 하늘까지 끌어안는다

불안한 나무

늘 기도하는 것처럼 보이지만
사소한 바람에도 흔들리고
천상에 오르는 계단을 지우곤 하지
종종 비 내리는 날이면
손마디까지 비틀려
간절한 바람도 갈 길을 잃는다지

합장한 손끝에서 열리는 천상까지
동색으로 무장한 나뭇잎
엉키고 몰려있어도
홀로 불안해한다는 걸 아는가
자잘한 사연에도 이웃끼리 흔들고 비틀거리며
서걱서걱 늙어가네

그가 흔들리지 않는다면
기도하지 않고 침묵에 잠겨서일까내겐
고요하게 서있을 때보다
불안해진 그가
더욱 아름답게 보인다네

비오는 날의 풍경

느닷없이 유리창을 긋는 물방울
목덜미를 스치는 서늘한 바람이 소름을 키운다
언제였을까?
갑자기 뜨거워진 목젖을 눌렀지만
이미 빗장이 풀리고 있다

한 줄기
한 줄기
또 한 줄기를 보태면서
메마른 먼지가 사선으로 달릴 때마다
팽팽했던 실이 하나씩 끊어진다
더 이상 버티지 못한 창이 끝내 울기 시작할 때
신음처럼 깔렸던 구름이 저 너머 풍경을
잡아 내리고 있다

두껍게 감춰진 시간이 바람에 펄럭이고
침묵이 다리부터 후들거린다
어느새 시퍼렇게 날을 세운 빗줄기

사랑이 죽고 진실이 묻혀버린 공동묘지를 지나고
그늘만 골라 디뎠던 계곡을 돌아 나온 흙탕물이
강줄기 옆에 누워 누런 코를 풀고
한사코 머물던 강물도 마침내 쿨럭거린다

오열에 젖어 걸리는 옷을 벗어 버리고
와— 정문을 향하여 돌진하는 방학맞은 아이처럼
드디어 나는 빗속에 떨면서 유쾌하다.

4부

상상연가

姜錦香

술을 퍼붓고 목 터지도록 지르다 보면
시간이 떠나가고
기억이 지워지기도 하는데
해가 등지고 강물 소리가 들리면
음습한 구석에서 떠오르는 초승달

자거나 깨거나 취해도
살아 날뛰는 파편破片
저 구석에서도 날 바라보고 있다
상처가 깊었다고
저주하지는 않았는데

구름다리처럼 흰 쌍꺼풀
입 주위 까만 점 몇 개
조금 검은 젖꼭지
죽어도 사라지지 않고
깊은 밤
문 앞에서 신발 끄는 유령이 된
江.
錦.
香.

젊은 사랑의 공식

I

쉽게 다가설 수 있는 사람과 사랑할 거라면
시작하지 마십시오
사랑이라 사칭한 유희가 시작되니까요

II

유희가 시작되면 유희로 끝내십시오
눈길 닿는 빈 곳에서,
바쁜 중에도 틈을 비집고 그대가 떠오른다면
유희라도 제발 빨리 끝내십시오
그때부터 유희도 사랑도 아닌 이름 모를 폭력에 시달립니다

III

시간 되면 기차 떠나버리듯
홀로 남겨지는 시간부터 그대 가슴은
지나는 바람에도 펄럭이는 헛간 거적문이 될 겁니다.
시도 때도 없이 다가오는 발자국 소리도 겁나지만
이유도 없이 맞아야 하는 억울함은 제쳐둔다 해도
왜 이리 아픈지, 알 수 없는 슬픔이 감기처럼 찾아옵니다

IV

여러분 감기 잘 알죠?

두통과 몸살이 뒤따라오는 병

죽을 것 같은 시간이 지나면 회복되어도 면역이 없는 병

유희도 아니고 사랑에도 못미치는 내게만 슬픈 코미디

V

멈출 수 없는 봄날은 속삭임처럼 흘러가 버리고

영원히 아프다면 사랑이라 하겠지만

자꾸만 작아지는 흉터를 바라보며

절대 반복하지 않겠다고 맹세합시다

이제

쉽게 얻을 수 있는 사랑은 구하지 마십시오

그 곳엔 사랑이 없답니다

가을비 우산 속에

만나기 전부터 힘들었다

우산과 우산이 이마를 마주 댄 거리
그대와 나 사이
꽉 비어있는 공간을 건너야만 하는 말은
마른 침에 수 없이 녹아내리다
삼키려 할수록 통증만 더해 가고
화로火爐 풀무질로 가슴이 입술까지 다 태울 때

맙소사
그리 앓다 죽을 것 같았나
신열만 끓이는 내게서
대책도 없는 내게서 불쑥 뛰쳐나간 말
깊은 밤 장작불처럼 숨만 타오르고
탁. 탁. 끊기는 차라리 아주 낮은 비명悲鳴

이마를 마주 댄 우산 속 그대에게 전해져야 하는

날 떠나 이미 어찌할 수 없는

그러나 꼭 하고 싶었던 말

허공에 맴돌다가 그대 귀를 두드려라

온기라도 남아서 그대 귀를 덥혀다오

찬비 더욱 굵어지는데

그전에 먼저

비가 내리는 건
그전에 먼저
떠오른 해에 준비 없이 떠난 열기가
눈물로 성장해서 다시 집으로 오는 일이다

달려드는 파도가 아우성치는 건
가슴에 파묻어야만 하는 게 힘들어
여기 앉아 쏟아버렸던
내 오욕을 싣고 오기 때문이다

저 늙은 매화가 꽃을 피운 건
차마 전하지 못했던 마음을
잎새 뒤에 숨어선 열매로라도 보여주고 싶었겠지만

어느새 번져오는 저 새벽은
그전에 먼저
문자로 보내고 지우고 지웠던
무수한 말들이 맴돌다가 밤을 찢고 나왔기 때문이다

당신을 사랑함

울고 웃던 기쁨이 오래전부터 강물이라서
시작도 끝도 알 수 없이 흘러가
취한 척 눈 돌려도
이미 바다에 빠져버린 것처럼
내 세포 핏줄마다 스며든
당신을 사랑함

아침 창 커피에까지 피어나는
당신을 불러봄

사랑한다고 말하기 위하여

눈을 감고 고개 숙여라
그리고
밑에서 올라오는 소리는
한마디도 끊지 말고 담을 것

나는 필요하다
네가 말하는 것을 빈틈없이 알기 위하여
텅 빈 바닥에서 자라난
정확한 문법을

사랑을 향하거나 이미 지나쳐버린 그대여
손톱으로 긁어야 하는 벙어리 언어처럼
한마디 한마디가 쓰라린
그 말을 하고 싶다면
뒤돌아 가는 것밖에 할 수 없는
끝인사처럼
고개숙이고 눈을 감아라

경포연가

쏟아지는 별빛 아래
부수어지는 파도 앞에서
나는 어쩔 수 없다
어떤 한줄기
파고들어도 잡히지 않고
퍼 올려도 마르지 않아

그렇긴 해도
차마 당신 앞에서 말할 수가 없어

바다 깊이 담구어 두고
절대 보여주지 않으려 해도
자꾸 커가는 그놈을 가두지 못해
송림을 돌아오는 바람에 대고
내일 아침에 천천히 보여준다 했다

돌 던지기

어쩌자고 같이 살자 하였는가
퐁당
퐁당
깊어가는 우물에 돌을 던진다

여름에 덥고 겨울엔 떨고
세끼 트림하고
찢기는 달력으로 하루 하루 버리며
푸념이냐, 하품이냐
그렇게 살았는데 퐁당

오가는 복도에서 만난 그녀 때문이다
세상 달라지는 게 신기해서
장가 가고, 자식도 생겼는데
아무래도 속은 것 같아 퐁당

석삼년만에 별 따러 간다
제목 없이 쌓인 한숨을 타고
빙빙 돌다 따귀 맞아 생긴 별도 주워 담자

시퍼런 총총 별이 따갑다

갈증도 잊은 채 주저앉아 돌이나 던진다

퐁당

퐁당

법고무法鼓舞

비오니,
혜안慧眼을 구하고자 합니다.
하오나 그보다 속심俗心을 버리고자
봉을 드오니

둥. 둥.

서서히 혼을 세워 몸을 떠나자

없음이 본래부터 우리들인데
새삼스레 한이 깨어
까닭 없는 슬픔이 솟구쳐 오르다니

가지 사이로 뵌 그대 모습
뒷짐 지고 눈만 주어 배웅하다가
동그만 어깨로 떠는 아픔이
간신히 얻은 평정에 바람을 퍼올리니

사랑도 미움도 다 네 것이어도
등 돌린 네 그림자 감싸고 돌면
뒤돌아 눈이라도 주어 볼까나

어느새 이 몸은 불자佛子인데도

둥두둥 둥. 쿵. 쿵. 쿵.

머리가 터지도록 심장으로 올린 기도
백번에 여덟 번을 더 두둘겨도
근심스런 저 바위 미동도 않는구나

떠나자 모든 것에서
버리고자 당신을 위하여

없음이 본래부터 우리들인데
눈앞엔 항상 당신이어라
어디서도 안개같은 나 때문에
보냄도 버림도 당신 거라오

둥둥 내 사랑

아무래도 그녀를 사랑하는가 보다

아침 햇살에 함께 일어나 눈 맞추며 반찬투정하고 싶다 오솔길 따라 걷다가 찬연한 별빛 아래 쓰러지고 그 다음은 그 다음은 오, 축복받을 상상이여 슬프게도 아직 나만의 길에 서있으므로 사랑한다고 외치지 못했다 그럴수록 그녀가 그리워진다

사랑에 빠진 거라고 모두 한마디씩 거들 때마다 그 말이 나를 자꾸 들뜨게 해 사랑이라는 말에 허우적거릴수록 의식은 가라앉고 심장만 바쁘게 돌아가네

나의 그녀 긴 머리만 남긴 채
내 사랑 늪에서 사라지고 말았네

그녀를 생각할 때

피가 나야 무서워 울던 버릇은 여전해서
뛸 때는 몰랐던 숨이 심장을 찔러야
사랑한다는 말을 한다

계집애들은 영악하다
각본에 동조하지 않으면 다양한 수법으로
때늦은 후회를 용서하지 않는다

우리 집 숙이 버릇은 알지만
여우같은 호흡을 따라 잡지 못하여
한 눈 감은 고목이 되려한다

밤바다 산책

바다가 제소리로 우는 앞에
밤으로 가리워도
달빛에 들켜버린 이 몸이 부끄러워
채이는 조약돌의 평범함에도 이르지 못해
발아래 부숴지는 거품
앞에서도 무슨 말을 할 수 있을까

쉼 없이 달려드는 파도
시퍼렇게 멍든 가슴이라도
그저 바람이 불 때마다
소리 질러 바람에 보태야 하나

촛불

한 가운데 파란 꽃

미약한 한숨에 흔들리고
한줄기 광선에 사라지는 것

항상 네 마음 같다

보석처럼
정말 조용히 울고
내 손 위에 쌓이면
그대는 촛불인가

하얀 손가락에 정열을 담고
밤이면
나를 찾는 빛처럼
그대는
촛불인가

금붕어

빤히 보이는 가슴을 감추려
몸을 뒤척이며
뭐라고 계속 말하고 있다

하루 종일 마셔도 배고파요
아무리 소리쳐도 그대 못 듣나!
……
스스로 뱉어버린 물 속에서
끝내 익사하는 금붕어

그대 앞에 선 나는
금붕어

아들아 사랑이란

아들이 묻는다
사랑하는 사람과 맺어질까요?
떠나간 사랑은 후회로 남고
맺어진 사랑은 삶으로 변했다
그러니까 사랑이 사랑으로 남는 법은 없다고 했다

아무래도 적절한 답이 아닌 것 같아 좀더 생각해 본다
그 놈이 다시 묻는다면

사랑이 만나면 현실로 가는 건 맞지만
떠나간 사랑일수록 가슴으로 그려질 수 있으니
어쩌면 사랑이 사랑으로 남을 수도 있겠다
라고 고쳐 말하고 싶다

선착장 무너지다

섬에 사는 여자
뭍으로 나와 나를 만나네
함께 자장면 먹고 영화도 보고
걸으며 거리의 얘기를 나누네
가끔은
햄버거도 먹어봐야 한다네
섬사람이 별거 다 안다고 생각하네

귀가할 시간이므로
수평선에서 가늘어지는 그녀를 바라보네
텃밭에 물 주고 대청 쓸고 밥상 차리는
그녀의 하루 중
얼마나 나를 바라보고 있을까

우리 만나는 다음 번에는
맛있고 멋진 곳에서 더 즐거워하자

내가 타야 할 배편이 없는 탓일까
그녀 건너오지 않네

섬을 바라보는 저녁이 쌓여갈수록
내 그림자 점점 낮게 깔리네

수평선마저 침몰한 바다에서
섬에서 도려낸 그녀의 그림자가
떠오른 그날
서성거리던 선착장 무너지고 말았네

진주발 이별연가

돌아가지 않겠다
시간맞춰 해가 뜨고 시간 따라 하루가 죽어버리는
서울에
向 晋州型 망부석이 있다고 전한다
그렇다고 믿던 터에 고개를 돌려
그럴까? 한다

나의 진주는 비가 온다
直 直 直 그으며 내리는데
부침하는 바위 때문에 빗줄기마저 촉삭댄다

땅 한평 돈 한푼도 없는데 어찌 옮기누?
꺼떡대는 폼을 보고
요즘 망부석도 돈 셈한다는 걸 알았다

내 이미 떠났지만 서울 길목도
보지 않으려니와
허,
쓸데없이 晋州는 비가 온다

상상연가 想像戀歌

생각하는 게 보이나 봐
날 바라보는 게 들려
뭐가 아쉬웠을까
썼다가 지우며 고개 젓는 것까지

소리가 소리를 지운다지만
윙윙 부는 바람 속에서도
세상이 모두 잠든 한밤중에도
너 있는 곳에서는 소리가 들려
생각하는 것만으로도
얼굴에 번지는 미소를 듣는 것만으로도
심장이 안에서 굴러다녀요

바람이 바람을 데려오고
노래가 노래를 만드는가요
상상이 끄집어내는 그대 표정을 만날 때마다
점점 여물어가는 내 안의 씨앗

다시 그 씨가 자라서 부르는 노래

離別을 위한 戀歌

나는 그녀의 모든 걸 사랑한다 그러므로
包裝과 變裝을 거듭하며 매우 조심스럽게
그렇게 사랑을 만든다고 믿는다
돌부처 그녀도 조금씩 돌아선다고 믿는다

어느 날
자길 버리고 날 따라오겠다는 그녀의 비장한 宣言이 있
었다
기쁜 나머지 몸살을 앓았다
그날 밤 꿈에
내 탈을 쓰고 씩씩하게 行進하는 그녀를 보았다
어디에도 난 보이지 않았다

이제는 그녀의 僞善을 사랑할 차례다
그녀가 내 위선을 사랑해 온 것처럼

서평

사랑과 삶의 변주곡變奏曲

– 홍성근의 시를 읽고 –

홍장학(문학평론가)

    20여 년 전쯤 방영되었던 'CSI 과학수사대' 시리즈 덕분에 이제 웬만한 사람들은 지문(指紋)뿐만 아니라 핏자국이나 머리카락, 정액(精液), 심지어 목소리의 특징[성문(聲紋)]까지도 그 임자가 누구인가를 드러내는 결정적 단서가 된다는 사실을 알게 되었다. 그 학습효과 때문인가. 이제 범죄 수사 드라마를 보려면 이 초보적인 상식을 알고 있어야 범죄 수사물 특유의 재미를 제대로 느낄 수 있게까지 되었다.

    시인이 펼쳐내는 시어(詩語)도 그것이 언어로 되어 있을 뿐이지, 실은 범죄 수사 드라마에 결정적 단서로 등장하는 지문이나 핏자국, 목소리 등처럼, 시인이 어떤 내면세계를 지닌 사람인가, 그가 시를 통해 표출하고자 하는 메시지가 과연 어떤 것인가를 추적할 수 있는 결정적 단서가 된다. 그런데 어느 정도 인문학적 교양이 있다고 하는 이들도 이러한 사실을 종종 간과해 버리곤 한다.

    이와 더불어 시를 읽을 때 놓치지 말아야 할 점은, 시어

(詩語)가 실어나르는 공간과 시간, 사건과 사물, 그리고 인간 군상(群像) 등은 모두가 시인이 쌓아 올린 세계이자, 시적 상상력 속에서 주조(鑄造)해 낸 가공(架空)의 이미지들이라는 점이다.

그러므로 시를 읽는 이들은, 시 속의 '나'라는 존재를, 실제 현실에 존재하는 '시인'과 동일시하는 우(愚)를 범하지 말아야 한다. 이와 더불어 시 속에 등장하는 여러 시간 표현—봄, 여름, 가을, 겨울, 밤, 새벽 등—이나, 공간 지표—하늘, 육지, 바다, 섬, 집 등—는 물론, 우리에게 친숙한 사물—나무, 금붕어, 낙엽, 소라 등—까지도 현실에 존재하는 실제적 대상으로만 간주하거나 사전적(辭典的) 의미 안에서 이해하려는 일차원적 사고에서 벗어나야 한다.

먼저 '금붕어'를 들여다보자.

빤히 보이는 가슴을 감추려
몸을 뒤척이며
뭐라고 계속 말하고 있다

하루 종일 마셔도 배고파요
아무리 소리쳐도 그대 못 듣나!
……

스스로 뱉어버린 물 속에서

끝내 익사하는 금붕어

그대 앞에 선 나는

금붕어

—금붕어— 전문(全文)

마지막 연의 독백처럼, 작품 '금붕어'가 그려내고 있는 금붕어는 어디서나 흔히 볼 수 있는 어항 속의 금빛 물고기를 넘어서, '그대 앞에 선 나'를 표상하도록 형상화되고 있는 존재다.

제1연에서 금붕어는 '뭐라고 계속 말하고' 있는, 간절하긴 하지만 뭔가 알아들을 수 없는 하소연을 하고 있다. 그러나 그렇듯 강렬한 표현 욕구에도 불구하고 아이러니하게도 그의 자세는 소극적이기만 하다. '빤히 보이는 가슴을 감추려 / 몸을 뒤척이'고 있는 자세, 설사 어쩔 수 없는 부끄러움이나 수줍음 때문이라 할지라도, 그렇듯 움츠리기만 하는 자세에 빠져 있을 뿐이라면 금붕어는 저 혼자만의 일방적이고 안타까운 고백의 상태를 벗어날 수 없다.

그래서인가. 제2연에서 금붕어는 '하루 종일 마셔도 배고'픈 엄청난 허기를 호소하고 있다. 물론 이 '허기'는 '아무리 소리쳐도……. 못 듣'는 '그대' 때문에 빚어진 허기다. 그런데 '하루 종일 마셔도'와 대립적 의미 연관을 지닌다는 점에서 이 배고픔은 '한없는 목마름'으로 대치될 수 있는 것이기도 하다.

한편 제2연 4행의 '스스로 뱉어버린 물'이란 결국 제2연 2행의 '아무리 소리쳐도 그대 못 듣나!'하고 외치는 그대를 향한 원망, 뜨겁고 애처로운 절규 그 자체이다. 결국 그대를 향한 엄청난 갈증을 호소하고 있는 금붕어는 안타깝게도 자신의 절규, 그 속에 빠져 숨지고 있는 존재다.

그렇다. 이 작품 속의 금붕어는 짝사랑의 끔직한 고통을 실감나게 형상화하고 있는 존재다. 그런데 짝사랑의 끔직한 고통 위에서 떼굴떼굴 구르고 있을 만한 사람은 우리의 경험칙상 청소년기의 어느 지점에서 방황하고 있는 인물일 개연성이 더 높다. 그렇다면 제3연의 '그대 앞에 선 나'는 어느 청소년이어야 하는가?

'익사하는 금붕어', 그 자체는 어느 청소년기에 속한 어느 인물일 개연성이 높다. 하지만 작품 속의 '나'는 '그대 앞에 선 나' 자신을 몇 발짝 떨어져서 바라보며 어항 속의 금붕어와 다를 바 없다고 觀照(관조)하고 있는 존재이기도 하다. 어항 속의 금붕어와 자기 자신, 이 서로 다른 두 대상에서 어떤 동일성이란 것을 파악해 냈다면, 그것은 작품 속의 '나'가, 자기 자신과 금붕어라는 두 대상을 한눈에 담아 가늠할 수 있는 어떤 관조적(觀照的) 거리 밖에 서 있음을 의미한다.

그런데 삶에 대한 관조적 거리라는 것은 대개의 경우 시간 속에 겹겹이 쌓아 올려진 수많은 경험 위에서 얻어지는 것이다. 따라서 '금붕어'를 노래하고 있는 작품 속의 '나'는 짝사랑의 열병을 앓고 있는 당사자가 아니라, 그 안타까운 짝사랑의 아픔을 젊은 날의 아름다운 추억으로 소환하고 있는 사람일 가능성이 더 높다. 어느 날 산정 같은 높은 곳에 올라 멀리서 바라다 본 내 동네의 모습이 문득 눈물겹도록 정겹게 느껴질 때가 있듯이, 수십 년의 연륜 속에서 문득 떠오른 짝사랑의 아픈 추억은, 탐욕과 거짓과 폭력으로 얼룩진 우리네 추악한 인생살이를 배경으로 할 때, 당시보다도 더 선명하고 애절하고 순수하게 느껴질 수도 있다.

그러나 이렇듯 애절하고 숨막히는 사랑은, 생존경쟁으로 점철되는 생활의 場(장), 그 얼어붙은 땅에서는 뿌리를 내릴 수 없다. 그래서 '사랑하는 사람과 맺어질까요?'라고 묻는 '아들'에게 아버지인 시적 화자는 '떠나간 사랑은 후회로 남고 / 맺어진 사랑은 삶으로 변했다 / 그러니까 사랑이 사랑으로 남는 법은 없다'고 잘라 말한다. '떠나간 사랑일수록 가슴으로 그려질 수 있으니 / 어쩌면 사랑이 사랑으로 남을 수도 있겠다.'라고 좀 더 적절한 대답으로 고쳐 말하고 싶었지만 그냥 마음 속에만 남겨 둔다. 그건 결혼생활의 결과물이자 증거물인 '아들'에게 '아버지'가 대놓고 하기에는 아무래도 마땅한 답변이 아닌 것이다. 물론 사랑과 결혼에 대한 이 부자간의 문답 역시 실제 있었던 대화라기보다는 상상력의 공간에서 행해진 가상적인 대화일 가능성이 더 높다. ('아들아 사랑이란'에서 일부분을 인용함)

그럼 이번에는 '離別(이별)을 위한 戀歌(연가)'를 음미해 보기로 하자.

나는 그녀의 모든 걸 사랑한다 그러므로
包裝(포장)과 變裝(변장)을 거듭하며 매우 조심스럽게
그렇게 사랑을 만든다고 믿는다
돌부처 그녀도 조금씩 돌아선다고 믿는다

어느 날
자길 버리고 날 따라오겠다는 그녀의 비장한 宣言(선언)이 있었다
기쁜 나머지 몸살을 앓았다
그날 밤 꿈에
내 탈을 쓰고 씩씩하게 行進(행진)하는 그녀를 보았다
어디에도 난 보이지 않았다
이제는 그녀의 僞善(위선)을 사랑할 차례다

그녀가 내 위선을 사랑해 온 것처럼

　　　　　　　－ 離別을 위한 戀歌 － 전문(全文)

　제2연에서 '자길 버리고 날 따라오겠다는 그녀의 비장한
宣言(선언)이 있었다'는 것은 이 작품의 시적(詩的) 상황
이 '사랑이 맺어진 이후', 즉 결혼생활의 상황이라는 것을
말해 준다.

　'그녀의 비장한 선언' 때문에 시적 화자는 '기쁜 나머지
몸살을 앓았다'고 고백까지 했지만, 그러나 그것은 그녀의
위선(僞善)에 지나지 않았음을 알아차린다. '내 탈을 쓰고
씩씩하게 행진(行進)'하고 있는 그녀의 모습이 끔찍하게도
꿈에서까지 나타난 것이다. 물론 시적 화자가 '내 탈'이라
고 표현한 것은 자신과 일견 비슷해 보이지만 자신은 아니
라는 뜻이다. 아마도 '내 탈'이란 '남편이나 가장이라는 허
울'을 그렇게 표현한 듯하다. 그렇다. 시적 화자는 '남편'이
나 '가장'이라는 '빛 좋은 개살구'보다는 결혼 이전과 같이
'사랑을 받는 남자'로 남기를 절실히 바랐던 듯하다. (물론
이 바람은 시적 화자뿐만 아니라 모든 기혼 남성이 가지고
있는 망상이기도 하다) 그러나 그녀의 곁에 '사랑을 받는
남자', 즉 시적 화자 자신은 어디에고 보이지 않았다는 것
이다. (이상 제2연)

　이미 들어선 결혼생활의 상황이므로, 그리고 그녀는 엄

연히 아내로서 사랑받을 마땅한 권리가 있는 여자이므로, 시적 화자는 그러나 그러한 실망감을 드러낼 수 없다. 시적 화자는 '포장(包裝)과 변장(變裝) 거듭하며', 다시 말해 사랑받는 남자로 남고 싶다는 순진한 기대감이 처참하게 허물어진 것을 어떻게든 내색하지 않고, 이제는 남편의 탈을 쓰고 씩씩하게 행진하는 아내로 완전히 돌아선 그녀, 그러니까 돌부처가 되어 버린 그녀를 사랑해야 한다고 믿는다. (이상 제1연)

하긴 아내라는 여자도 시적 화자처럼 결혼 이전과 같이 '사랑을 받는 여자'로 남기를 간절히 바랐을 것이다. 그러나 아내라는 여자 역시 남편 옆에 자신의 진솔한 모습, '아내이기에 앞서 결혼 이전처럼 사랑받는 여자'는 어디에도 보이지 않는다는 사실, 즉 '나의 위선'을 확인했을 것이다. 시적 화자가 솔직히 자신을 돌아본다면 결국 피장파장인 것이다.

겨울이 와서 눈 내리고 추운 바람 부는데, 무더운 계절의 반소매 얇은 옷을 입을 수는 없는 노릇이다. 마찬가지로 냉혹한 세파를 헤치며 결혼생활을 해 나가야 하는 부부가, 연애 시절의 뜨겁고 저돌적인 사랑으로 (그러니까 시 '금붕어'에 나오는 '금붕어'처럼) 매 순간을 살아갈 수는 없는 것이다. 그래서 시적 화자는 '서로의 위선을 사랑해야 한다'는 제3연과 같은 다짐에 다다른다. (이상 제3연)

결혼생활이 그렇다고는 해도 부부에게 결혼 이전, 열애 (熱愛)의 시간에 대한 기억이 완전히 지워진 것은 아닐 것이다. 아니 오히려 정반대일 가능성이 더 높다. 돈 문제에 속 끓이고, 온갖 어려운 가정 문제에 시달리며 자식들을 키워야 하는 철인 3종 경기와도 같은 결혼생활에 지치고 절망할 때, 연애 시절 뜨거운 사랑의 기억은 기진맥진한 부부에게 때로 놀라운 활력을 되돌려주기도 한다. 그래서 연애 시절의 훈훈한 추억은 고단하기만 한 결혼생활의 소중한 활력소가 될 수 있기도 하므로 버릴 수 없고 버려지지도 않는 것이다.

이쯤에서 '선착장 무너지다'를 감상하기로 하자.

섬에 사는 여자
뭍으로 나와 나를 만나네
함께 자장면 먹고 영화도 보고
걸으며 거리의 얘기를 나누네
가끔은
햄버거도 먹어봐야 한다네
섬사람이 별거 다 안다고 생각하네

귀가할 시간이므로

수평선에서 가늘어지는 그녀를 바라보네
텃밭에 물 주고 대청 쓸고 밥상 차리는
그녀의 하루 중
얼마나 나를 바라보고 있을까

우리 만나는 다음 번에는
맛있고 멋진 곳에서 더 즐거워하자

내가 타야 할 배편이 없는 탓일까
그녀 건너오지 않네
섬을 바라보는 저녁이 쌓여갈수록
내 그림자 점점 낮게 깔리네

수평선마저 침몰한 바다에서
섬에서 도려낸 그녀의 그림자가
떠오른 그날
서성거리던 선착장 무너지고 말았네

　　　　　　　　– 선착장 무너지다 – 전문(全文)

　이 '선착장 무너지다'라는 작품에 접근하기 전, 필자는
우연히 홍성근의 다른 시 '가보지 않은 섬'을 먼저 읽었다.
그런데 그것이 결과적으로 이 '선착장 무너지다'라는 작품

을 들여다보는 데 적지않이 도움이 되었다는 점을 고백하지 않을 수 없다. '가보지 않은 섬'을 들여다보면 이 작품에 등장하는 시어(詩語) '섬[島]'은, '사면이 물로 둘러싸인 땅'을 뜻하는, 사전적인 의미에 머무르지 않고, 이 상식적인 의미를 간단히 벗어나고 있음을 알 수 있다.

이 '가보지 않은 섬'이란 작품에 등장하는 '섬'을 시인은 '가보지 않는 섬'이자 '가보지 못한 섬'으로 규정하고 있음에도, 마치 이 섬을 눈앞에서 보고 있기라도 한 듯 그려내고 있다. 뿐만 아니라 '기다릴 누구도 없는' '무인도'라고 했음에도 그곳에는 '떠나는 것들을 지켜봐야만 하는 제집에 묶인 개'가 살고 있다고 노래하고 있다. (이상 '가보지 않은 섬' 제1연과 제2연) 그리고 시적 화자는, 시간에 침식되어 '언젠가 바다로 되돌아갈 등 굽은 정물'인 그곳(섬)에서 스스로를 얼마쯤 떠밀려 난 존재로 규정하고 있다. ('가보지 않은 섬' 제3연)

'가보지 않은 / 가보지 못한 섬'이라면 시적 화자의 기억이나 경험 세계에 존재하지 않는 대상이며 따라서 눈으로 본 것이 됐든, 귀로 들은 것이 됐든, 어떤 감각적 기억으로도 되살려낼 수 없는 대상이다. 그러므로 이 시에서 그려지고 있는 '섬'은 인간의 경험적이고 물리적인 감각으로 접근해야 하는 대상이 아니다. 그렇다면 철학적 추론으로나 언급이 가능한 관념적 또는 형이상학적 사유의 대상이다.

이와 더불어 시적 화자가 이 작품의 제3연에서 '그곳에서 난 얼마나 떠밀려 온 걸까'라고 했으므로, 이 '섬'은 시적 화자에게는 자신이 원래 있었던 곳이자, 기다림에 지쳐 절망적으로 떠나온 출발점으로 간주되고 있다는 점을 알 수 있다.

보통 사람의 이해력을 시험하는 난해한 이 '가보지 않은 섬'이란 작품에 대해, 얼마간 무모하고 어설픈 추론을 들이대고자 한다. 필자는 이 '섬'을 인간 존재의 실존적 한계 상황으로 이해하고자 한다. 인간은 사회적 존재라는 정의가 무색하게, 누구나 결국 혼자일 수밖에 없다. 삶의 결정적인 순간에는 아무리 발버둥을 쳐도 고독도 아픔도 죽음도 오롯이 혼자서 감당해야 한다. 시간 속에 던져져 결국 시간 속에서 사라질 수밖에 없는 존재, 그러나 절망스럽게도 왜 시간 속에 던져졌는지도 알 수 없고, 어디에서 왔는지도 알 수 없으며, 어디로 갈지도 알 수 없는 인간 존재의 실존은, 인간 존재의 의미를 간절하게 묻는 어떤 사람에게는 그 자체로 고통스러운 의문부호일 수밖에 없다.

'선착장 무너지다'에 등장하는 '섬'을, 다소 번거롭지만, 위에 언급한 바와 같은 '인간 존재의 실존적 한계 상황'으로 이해하고자 하면, 이 시에 등장하는 섬과 연관되는 여러 시어(詩語)들 ― 섬에 사는 여자, 수평선, 배편, 선착장

등— 이 내포하고 있는 상징적 의미도 얼마간 이해할 여지
가 생긴다.

우선 '섬에 사는 여자'는, '인간의 실존적 한계 상황'이라
는 근원적 문제에 갇혀 사는 여자라고 이해해 볼 수 있다.
그렇다면 그녀가 '뭍으로 나와 나를 만나'고, '함께 자장면
먹고 영화도 보고 / 걸으며 거리의 얘기를' 나눈다는 것은,
그녀가 잠시 자신만의 실존적 고뇌에서 벗어나 시적 화자
와 일상의 소소한 행복을 나눈다는 것으로 이해할 수 있겠
다. 물론 섬을 벗어난 '뭍'이란, 그녀와 시적 화자가 함께
할 수 있는 일상적 공간이다. 이러한 해석을 받아들인다면
'섬'과 '뭍'은 단순한 공간적 지표가 아니다. 따라서 '섬'과
'뭍' 사이에는 공간적, 물리적 거리가 가로놓여 있는 것이
아니라, 인식 지향적 차원 또는 인식 층위의 다름이 존재
하는 것이라고 볼 수 있다. 한편, '섬사람이 별거 다 안다'
는 시적 화자의 가벼운 놀라움은 그녀가 인간 존재의 실존
적 고뇌에 빠진 나머지, 일상적 행복에 눈을 돌리는 경우
가 매우 드물다는 것을 말해 준다. (이상 제1연)

'귀가할 시간이므로 / 수평선에서 가늘어지는 그녀를 바
라보네'라는 표현은 그녀와 시적 자아 사이의 거리가 수평
선 너머 까마득하게 벌어짐을 뜻하는 공간적 표현이다. 그
러나 '텃밭에 물 주고 대청 쓸고 밥상 차리는 / 그녀의 하
루'라는 시적 화자의 언급은 가까운 거리에서의 관찰을 전

제로 하므로 바로 앞부분의 공간적 거리감과는 모순되는 것이다. '그녀의 하루 중 / 얼마나 나를 바라보고 있을까'라는 구절 역시 그녀와 시적 화자 사이의 거리란 물리적 거리가 아니라 인식 지향적 차원 또는 인식 층위의 다름이라는 점을 강하게 시사해 준다. (이상 제2연)

시적 화자는 '다음 번'의 '더 즐거운' 만남을 다짐한다. (제3연)

그러나 이러한 다짐이 무색하게 시적 화자와 섬 여자와의 단절 상태는 오래 지속된다. '섬을 바라보는 저녁이 쌓여갈수록 / 내 그림자 점점 낮게 깔리네'라는 표현은 시적 화자의 간절한 기다림과 절망을 표현한 듯하다. 물론 이 부분의 '내 그림자 점점 낮게 깔리네'의 '점점 낮게 깔리네'는 다음 연(제5연)에 오는 '수평선마저 침몰한'의 '침몰', 그리고 '서성거리던 선착장 무너지고'의 '무너지고'라는 표현과 의미론적으로 긴밀한 연관을 맺는 것으로 볼 수 있다. (제4연)

마지막 연(제5연)의 '수평선마저 침몰한 바다'에서 '수평선마저'는, 그 앞에 '그 여자가 사는 섬은 물론이고'라는 표현이 생략된 것으로 이해할 수 있다. 그런데 (그 여자가 사는 섬뿐만 아니라) 수평선이 침몰하는 것과 같은 신화적 상황은 현실에서는 실제 일어날 수 없으므로 제5연에 언급된 상황은 어디까지나 가정적 상황이다. 그럼에도 '서성거리던 선착장 무너지고 말았네'라는 표현은 완료형 시제로 되어 있는데, 이는 앞서 말한 '그 여자가 사는 섬이 침몰'하고 그 여자마저 바다 밑으로 가라앉고 만다면 '그 여자를 기다리던 자신의 존재 기반(선착장)도 침몰하고 말 것'이라는 점을 실제 일어난 사건이기라도 한 것처럼 표현하고자 한 것으로 이해할 수 있다. 결국 시적 화자는 섬에 사는 여자 때문에 오랜 시간 선착장에서 서성거리는 괴로운 기다림의 시간을 견뎌야 하지만, 섬이 그녀와 더불어 바다 밑에 가라앉는다면 선착장에서 서성대며 그녀를 그리워하는 자신의 존재 기반(선착장)도 결국 침몰하고 말 것이라는 점을 확정적으로 노래하고 있는 것이다. '섬'과 '섬에 사는 여자'와 '선착장에서 서성거리는 나'는 떨어져 있는 존재이지만 어찌 보면 서로 단단히 묶여 의지하고 있는 존재이기도 한 것이다.

이상 홍성근 시인의 첫 시집에서 몇 작품을, 작품에 나오는 시어(詩語)를 따라가며 들여다보았다. 결과적으로 사랑 노래 몇 편을 감상한 셈이 되었다. 좋았다. 필자의 눈에 홍성근 시인의 첫 시집에 실린 작품들은 한 편 한 편 모두가 개인적 체험에서 걸러진 진솔한 결과물들로 보였다. 그런데 바로 이러한 진솔한 점이 작품에 따라서는 독자들에게 강한 공명(共鳴)을 일으킬 수도 있을 것이라고 짐작

한다. 물론 독자에 따라서는 쉽게 다가가기 부담스러운 작품도 없지 않으리라고 생각하는데, 이는 이 시집뿐 아니라 다른 시집에서도 독자들이 종종 겪게 되는 경험이다. 가슴에 오래 남는 시를 발견하려면 심산유곡(深山幽谷)도 마다하지 않는 심마니의 노력과 인내가 필요한 법이다. 적어도 필자의 경험으로는 그렇다. 독자들의 분발이 있기를 기대한다.

2024년 12월

홍성근 시집

선착장 무너지다

발 행 일   2024년 12월 30일

지 은 이   홍성근

펴 낸 곳   식스필라스(문수인)
발 행 처   도서출판 곰단지(이문희)
주   소   52818 경남 진주시 동부로 169번길 12, A동 1007호
전   화   070-7677-1622

I S B N   979-11-89773-97-7 (03810)